KB242028

슈퍼대디 열DY!

SUPER
:DAD
DY!

2권

글 **이상훈**
그림 **진효미**

네오카툰

10화
그땐 왜 지금처럼···

어린이들
한 줄로 서세요~.
삐삐―

준비~.

꿀꺽

까미 아빠
왜 안 왔어?
꿍

아빠 아니라구! 그냥 아저씨야!
아저씨는 저기 온 사람이 아저씨잖아. 저번 소풍 때도 왔던 그 아저씨.
이씨

이 바보팅아! 아저씨가 세상에 딱 한 명뿐이냐?
으그그
탕

와~
흐억!
아

다다다
너 때문에
늦었잖아!
아우, 바보탱!
딱
아야

다다다다
다다다다

탓

헉
헉 헉

다다다다

다다다다다

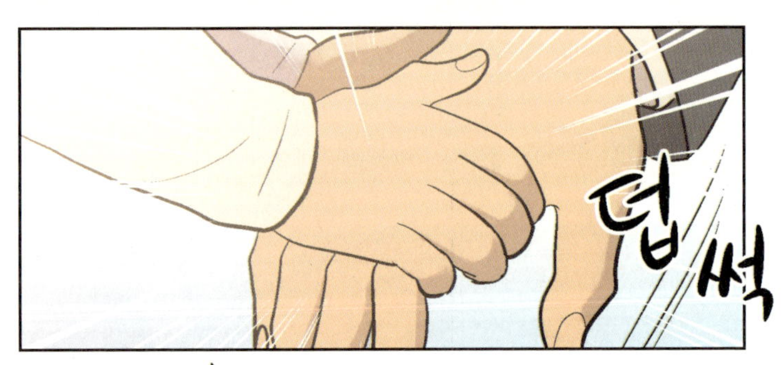
덥썩

아저씨!
얼른! 얼른!

후닥

ㅆ

가족?

근데 나 달리기는
젬병인데~.

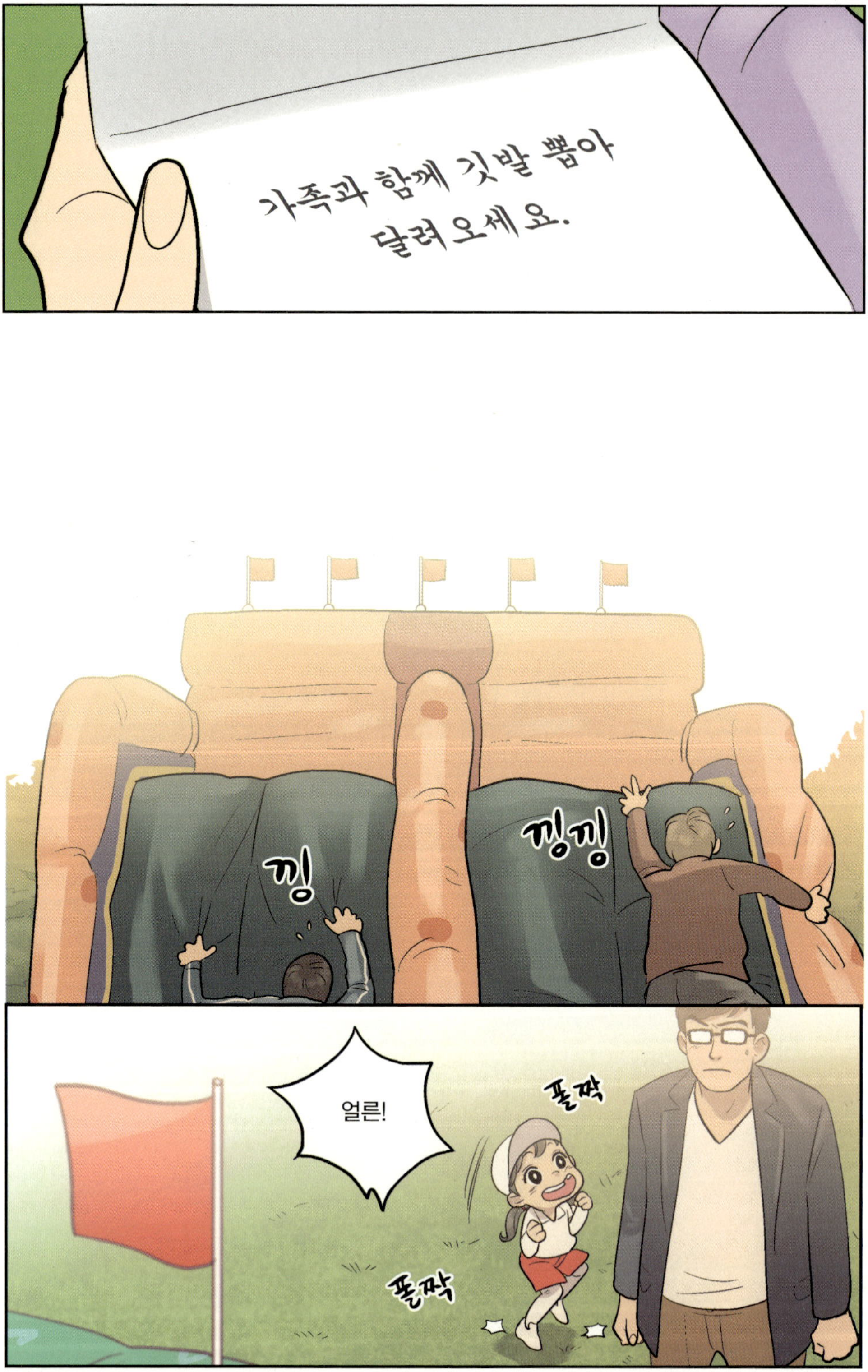

가족과 함께 깃발 뽑아
달려오세요.

끼
끼끼

얼른!
폴짝
폴짝

타다
풀쩍

줄
줄
줄
하하

바
바
바
바

줄
줄

아우!
이러다
꼴찌
하겠어!
팍
팍
팍

기다려!
금방
뽑아 올게.
튀엥
튀에
척!

으랴~!

어떡해!
어떡해!
어… 이거 참….
하 하 하
비켜!

흐응

더더더더더더더더더더더더

더더더더더더더

츄아아

완전 빠르지?
샬랑

척척척척

콱

뭐…!
왜~.
으아!

비켜요,
비켜!
1등은
우리 까미가
찜했습니다!

싫어! 싫다구!
난 택권브이 아저씨랑 뛸 거라구! 내려 달란 말야!
팍
팍

싫다니까… 싫….

싫어! 싫다구!

달려!
달려, 아저씨!
더 빨리!
꽉 잡아!
이제부터
부스터 켠다!
간다~!
꺄아~!

김열…
이 바보야….

그땐 왜 지금처럼
달리지 못했니.

그렇게 간절했는데…

그토록
애원했는데….

1등이다! 와!
와아!
와하하하

눈물 날 만큼
감동스러운 장면은
아니지 않나?

나 보기엔 차고 넘칠 만큼 감동적인데?
솔직히 말씀하시지. 짱 멋있지 않아?
저 사람이 바로 나의 슈퍼히어니라고!

정말 이 행복 이대로

까미 진짜
좋아하더라.

그렇게 신나서
좋아라 하는 거
나도 처음 봤어.

응.

역시 내 딸이야!
나처럼
자기의 매력에 서서히
빠져드는 거지.

……

뚱

왜?
기분 안 좋아?
아냐….

쳇!
자긴 얼굴이
LED 모니터라고!
맘속이 그냥
출력된다니까!

빨리 말해!
휘

왜 그런 거야?

그러니까…
뭐냐면…

이런 얘기
참 쭈굴스러운데….

슈퍼맨이
세냐?
태권브이가
세냐?

하하하하하
하하하!

택권인지 뭔지 하는 놈 맘에 안 들어! 왜 자꾸 얼쩡대는 거냐고!
아무래도 눈빛이 여라 널 좋아하는 거 같다니까!
하하하
아하하하하
당근이지! 내 매력도 자기 매력 만만찮거든.
하하
그렇지만 말이야. 세상 그 어떤 남자가 날 좋아해도 내가 좋아하는 건
김열뿐이야.

택권 선배한테는
버얼써 얘기했어.
난 절대로
결혼 안 한다고.

만약 내가
결혼하더라도
절대 택권 선배는
아니라고.

왜냐면
내 가슴속엔
이 세상 누구보다
매력적인 사람이
가득 차 있기
때문이라고….

흠-

아우!
이놈의
치명적인 매력이란
정말!
거참나~
삔
떡

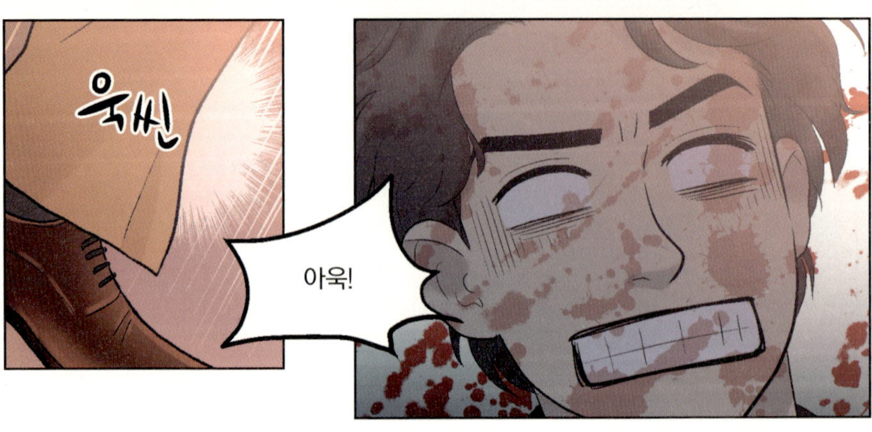

욱씬
아욱!

쓰
아~으!
뭐야?
왜 이래?
퉁 퉁
하
괜찮아. 그날 옆집
그 사장한테 까인 데가
좀 안 좋더니….
이 발목을 하고
그렇게
뛰었단 말이야?
까미를
위해서?

씨익
긁적
긁적

끼익
긁적
긁적

살금살금

뒤적 뒤적
뒤적

그아
쩝
쩝

우음~
끔적 끔적
췟!
암만 봐도 별루야.
휙

슥

달리기는 빼구….
꼼지락
꼼지락

째깍
째깍
째깍
흑…

으음
흑
흐흑…

끅, 끄윽….

자기,
우는 거야?

퉁
퉁
줄줄줄
왜 그래?
무슨 일이야?

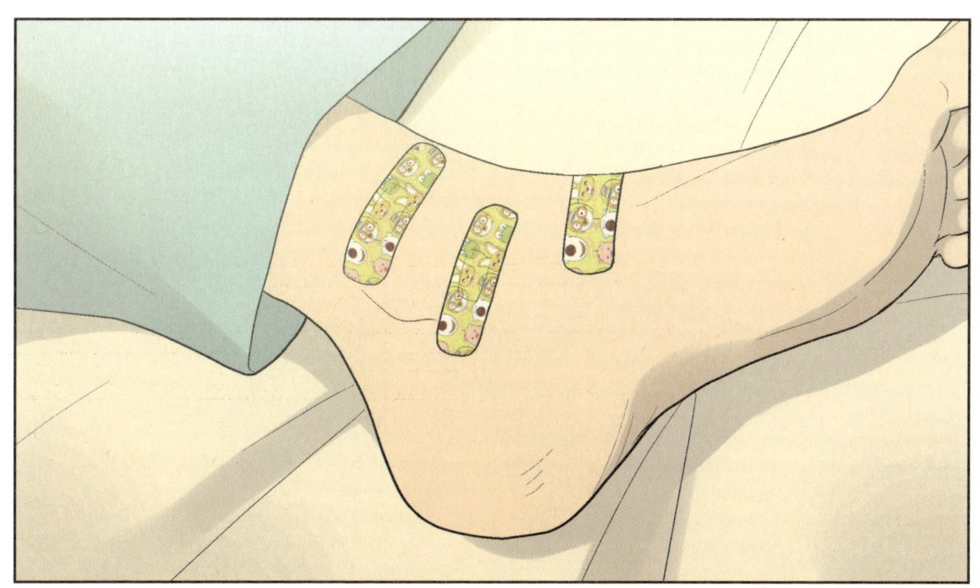

새근
새근
나…
이래도 돼?

나 이렇게 행복해도 되는 거냐고.

예전에 자기 속을 그렇게 썩였던 난데….

그래서 뻥 차였던 난데….

안 가고
뭐 하는 거야!
신호
바뀌었다고!

정말
이 행복
이대로…
영원히
가져도 되는 거 맞지?
그렇지, 여라야?

근데 왜 차인 거야?

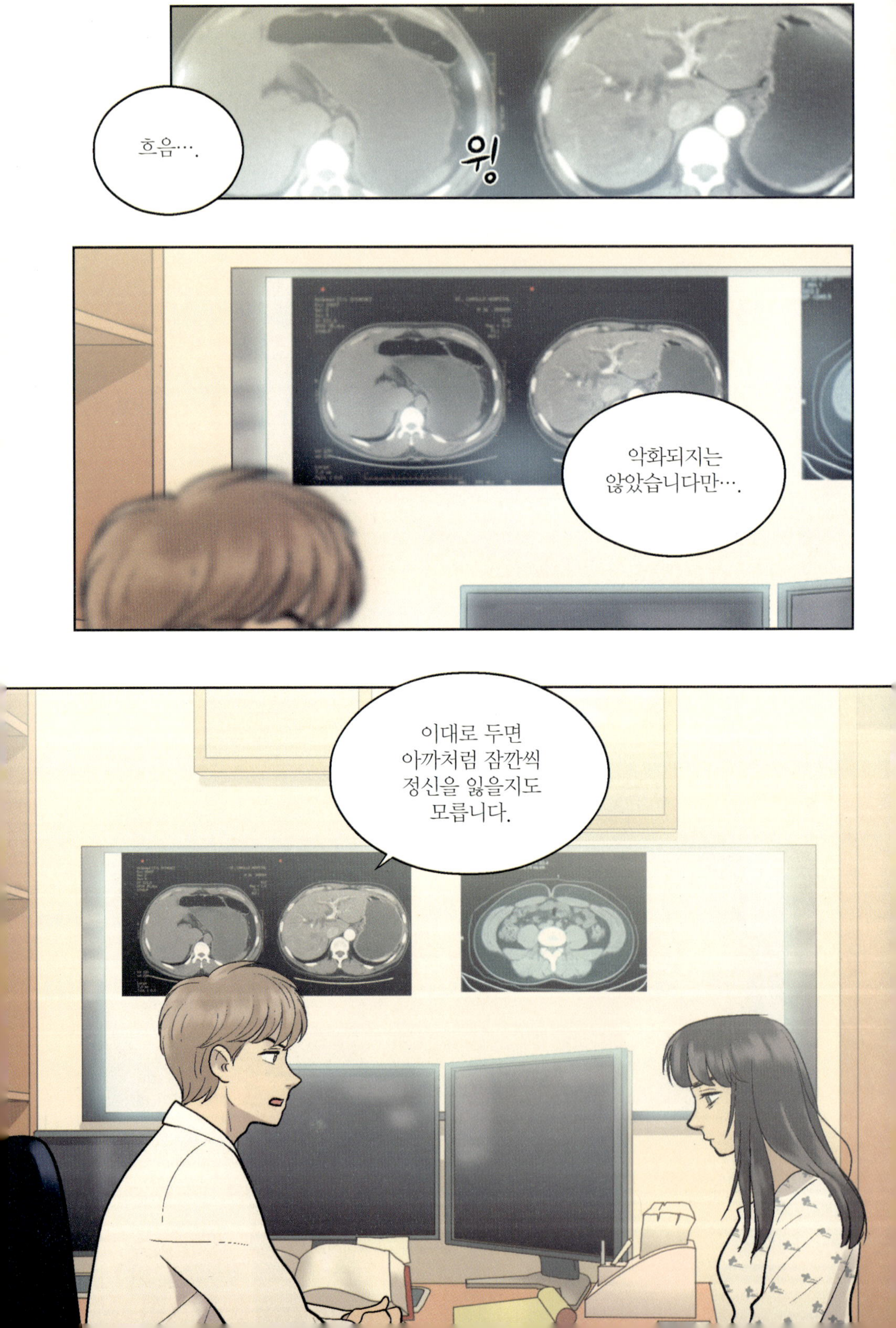

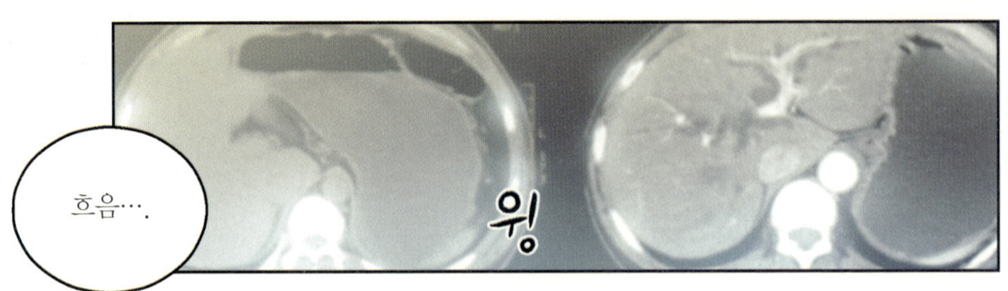

흐음….
윙

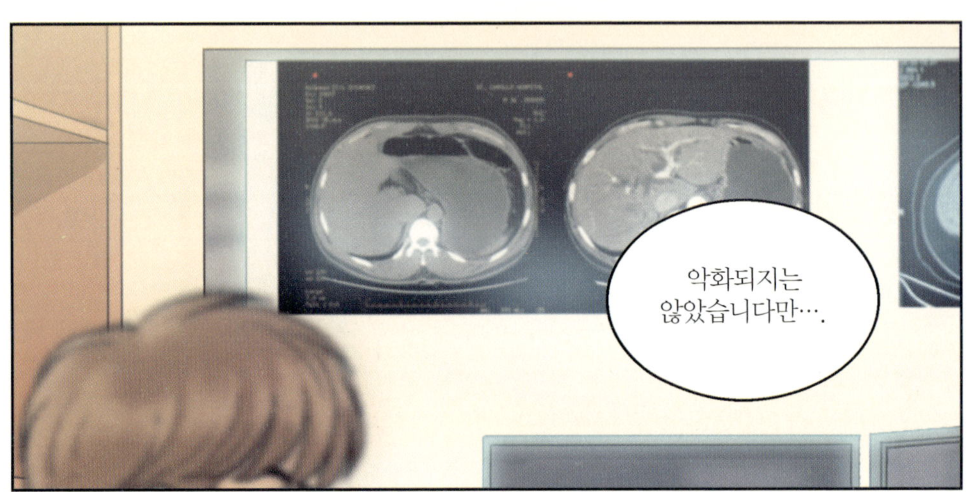

악화되지는
않았습니다만….

이대로 두면
아까처럼 잠깐씩
정신을 잃을지도
모릅니다.

일단 입원부터
하시는 게….
확률이 10%도
안 된다면서요?

10%가 아니라
1%라도 최선을
다해 봐야지요.
아니에요.
그러기엔
해야 할 일이
너무 많고 남은 시간은
너무 짧아서요.

택권이가
다녀갔습니다.

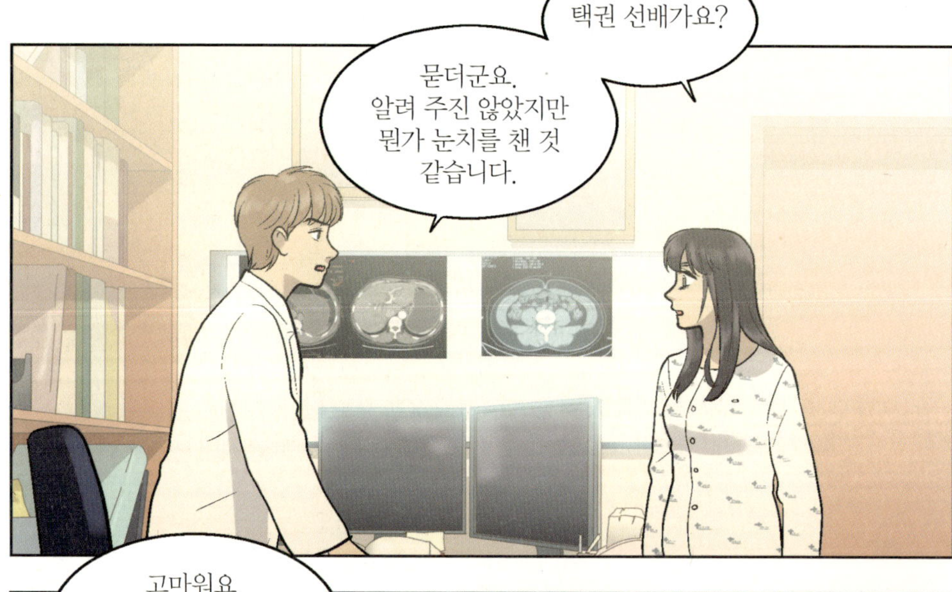

택권 선배가요?
묻더군요.
알려 주진 않았지만
뭔가 눈치를 챈 것
같습니다.

고마워요.
절대 얘기
하지 마세요.
제 병에 대해
가장 먼저 알아야 할
사람은 택권 선배가
아니니까요.

결혼 얘기
들었습니다.

첫사랑을
다시
만나셨다면서요?

제발
그만 좀 하세요.
이쁘잖아요!
뽀로롱 밴드!
울 까미가
치료해 준 거란
말입니다.
으휴!
빨랑 치우세요!

까미의 뽀로롱 밴드만
있으면 말기 암도 싹
나을 거 같다니깐!

근데 상계점은
왜 또 가자고 그래요?
지난주에 갔다 왔으면서.

도난 사건 몰라요?
두 번이나
털렸다잖습니까.

!!

끼익

악

도대체 또 무슨 사고를 치려고 그래요?
도난 사건은 경찰한테 맡길 문제라고요!

우리는 슈퍼바이저!

직함에 '슈퍼'를 붙이려면 우리 매장 정도는 우리 손으로 지켜 내야 하지 않겠습니까?

MICO
ESPRESS
계획이 어떻습니까?
이대로만 하면
범인을 잡는 건
시간 문제입니다!
내가 들어 본
계획 중에서 가장….
가장 치밀한
계획이지요?
CSI나 프로파일러도
울고 갈
작전이라니까요!
우하하!
우하하
하하하

가장
무식한 것
같소.

· · ·.

뭐,
꼭 해 보겠다면
한 번 해 보든가.

우하하!
제가 반드시
잡아내겠습니다!

씨익

범인 잡으면
쏘주나 한잔
쏘십쇼!
우하하하~!

삭

뭘
이렇게
많이 사?

이거면
식당도
차리겠다.

수북

집들이.
우리 로펌 사람들
몇 명 초대할 거야.

결혼했다니까
다들 궁금해
하더라고.

당연히 그렇겠지.
여라 공주를 데려간 사내는
어떤 왕자님일까
안 궁금하면 사내가
아닐 테니까.

척

하앗

토요일 저녁이야.
그날 나 많이
도와줘야 해.

걱정 마시라고!
자긴 공주니까
가만 앉아만 있어.
내가 다 할게.

아, 엄마한테 고기 좋은 것 좀 택배로 보내라고 해야겠다.
말도 안 돼! 절대 그러지 마!

자기한테 어머님은 여태껏 뭔가 주기만 하는 분이셨지?
이제 그거 끝이라고!
어머님은 평생 고생만 하시면서 자기를 이만큼이나 키우시고 또 내 곁에 보내 주셨잖아.
이제부터 우리에게 어머님은 뭔가를 잔뜩 안겨다 드려야 할 분인 거야.

알았어?
으응….
자기 첫 월급
맨 먼저 어머님 선물과
용돈부터 보내 드려.

여라야….
찡

자긴 공주가
아니라 천사야,
천사!
와락

근데
아저씨!

응?

아저씬
엄마 첫사랑이랬잖아.
근데 왜 차인 거야?

……

아…
그게….
아저씨
잘못 반,
엄마
잘못 반.

엥?
그럼 둘 다
잘못한 거네?
뭘
잘못한 건데?

엄만
고아였잖아.

아무도 없이 혼자였어.

그래서 너무 힘들고
또 외로웠거든.

그러다
아저씨를 만난 거야.

아저씨는 엄마한테 너무너무
따뜻하게 대해 줬어.

그러다 보니 엄만 자꾸
아저씨한테 의지하려고 했던 거야.

엄마 곁에 아저씨밖에
없었으니까.

그러니까 엄마한테는
첫째도 둘째도 셋째도
모두 아저씨뿐이었던 거야.

근데 아저씨한테는
엄마도 소중했지만

또 다른 소중한 것이 있었더랬어.

특히 친구나 의리.
이런 거 엄청 중요하게 생각하거든.

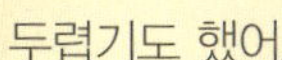

엄만 그게
질투도 나고

또…

두렵기도 했어.

아빠라고 불러 줘

그래서 뻥
찼다구?

질투 나서?

그건
엄마가
좀….

하하하
그게 아니고~.

아하하
하

아저씨 잘못이
훨씬 많아.

아저씨가 좀 많이 게을렀어.
지금보다 한 오만 배쯤 더.

엄마는 열심히 공부해서
장학금 받고

또 밤엔 아르바이트해서
생활비를 마련했거든.

근데 아저씨는
아무 생각도 없이 맨날 엄마한테
밥 얻어먹고 그랬거든.

게다가
엄마 생일날도 까먹고
군대 가는 친구랑 밤새 술만
마셨지 뭐냐?

우하하!

그러니깐 엄만
걱정이 된 거야.

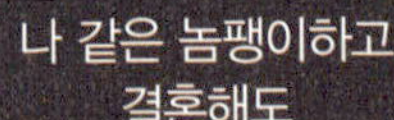

나 같은 놈팽이하고
결혼해도

후

앞날이
캄캄하니까.

엥? 아저씨가 진짜 나쁘네!
하지만 다 지난 일이야.
엄마도 아저씨도 지금은 안 그래. 엄마는 아저씨를 믿고 아저씨도 진짜 열심히 일하잖아.
그럴 줄 알았다니까!
힝
챗
그건 그렇지만….
?
그렇지? 그러니까 까미도 이제….

아저씨라
부르지 말고

아빠라고
불러 봐.

꽉
악

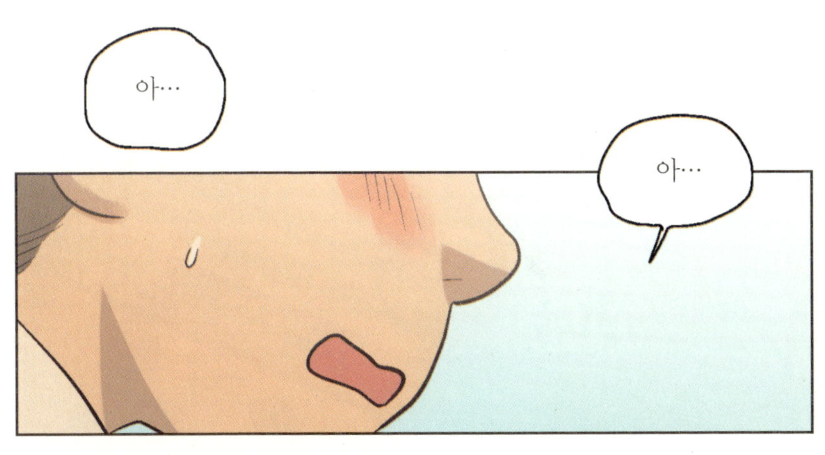

아…
아…

아…
끌깍

아!
두근
두근
두근
두근
두근

아이씨!
버럭
깜짝
몰라 몰라!
후다닥
쾅

씩
씩
씩

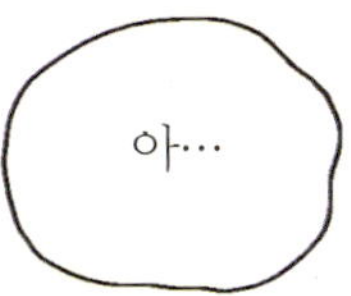
아…

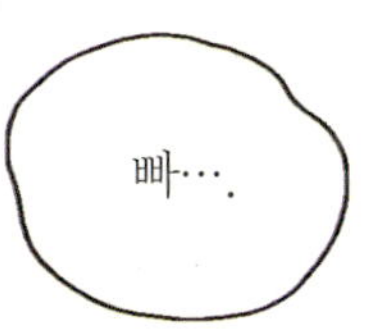
빠….

MICO
ESPRESSO
힐끔
슥쩍

째릿

툇

헐.
그냥 가네.
내 백만 와트의 촉이
딱 저 양반이라고
찌릿찌릿 신호를
보내는데….
일단
기다려 보자!
범인은
꼭 다시 온다!

일어나라고!
또 옛날처럼 게으름 피우는 거야?
그게 아니고 며칠 동안 밤 꼴딱 샜잖아~.
쾅
토요일은 늦잠 좀….
우씨! 오늘 진짜 바쁘다 그랬잖아. 까먹은 거야?
우으응
낑 낑
번쩍
오늘 뭐….

아! 오늘!
바로 그 운명의 날!
빅
떡
울 로펌 사람들 집들이하는데 뭔 운명의 날이야?
태권브이인지 마징가제트인지 그 밥맛 오잖아!
오늘 나의 매력을 완전 발산해서 자기한테 꿈도 못 꾸게 해 주겠어!

어서오십쇼~!
들어오세요! 환영합니다!
안녕 하세요
하 하 하 하

김열입니다! 피여라 남편이지요!

왔수?

야호!
까미 선물이야
젊은 친구가 바쁜 일도 없나.

슉

턱

고맙수.
빨리 들어가쇼.

피식

14화
나 없는 동안, 나보다 훨씬 더

와~!
이 음식들 여라 씨가 직접 다 한 거야? 대단한데?
화들짝 놀라셨죠? 맛도 완전 끝장입니다요!
제가요~, 매일매일 이런 밥상 받고 살거든요~!
하하하

게다가 죽을 때까지
먹을 수 있다는 거
아닙니까?
부러울 겁니다!
많——이
부러워하십쇼.
우핫핫!
하 하 하 하
탁

자~,
맥주 나왔습니다.
시원하게
한잔들 하시고요!
찰캉
찰캉

아우~.
어? 슬쩍 부딪혔는데
뭘 그리 아프다고 그럽니까?
사내대장부가!
하하하
으윽

찡긋

쪼ㄹㄹㄹㄹ
으왓!
급하다 급해!
뭐, 뭐요?

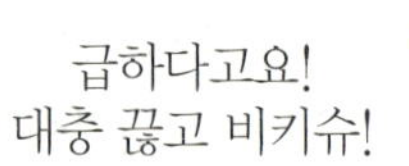

급하다고요!
대충 끊고 비키슈!

팍

팍
하던 건 마저 해야지.
어떻게 중간에
끊습니까!

거 급한데
대충 합승하면 되겠네!
됐습니다!
끝났으니
일 보시든가요!

에이~.
그럼 나도 안 급해.
씨익
이, 이걸 그냥!
콱

으잉?
한판 뜨자고?

브르르

우왕
짜왕

파앙

척 척 척 척
어디 가세요?

응. 담배 사러 간대.
내가 슈퍼 가르쳐 줄게.
...?

걱정 말고
손님들 대접해.
금방 다녀올게~.

......
타.

다 큰
어른들이….

고통이란 언제나
밖에서 오는 줄 알았다.

때리거나 혹은 맞거나,
상처를 주거나 혹은 받거나.

그런 줄로만 알았다.

세상에서 가장 아프고
극심한 고통의 지점은 언제나
내 안에 있다는 걸….

여라가
떠난 뒤에
알게 되었지?
근데
어쩌라고?
뭐냐면….
알 것 같다고.

뭘?
당신 안에
있는
그 아픔.
……
내가 먼저
겪어 봤으니까….

떠나 버린 그녀보다
잡지 못한 자신이
더 못나고 미워서
화가 나지?

그렇게 안에서부터
돌아 나와 온몸을
점령하는 그 괴로움.

나도 겪어 봐서
이해한다고.

그래서 그랬나?

아까 나한테
계속 맞아
준 거냐고.

뭐?

눈치챘어?
제기랄!
눈치 못 챘으면
죽을 때까지 팼을 거다.
고맙다.

살려 줘서?
아니.
나 없는 동안 여라
잘 돌봐 줘서.
고맙다.
맞아 줘서?
살려 줘서?

아니.
나보다 훨씬 더
여라 행복하게
해 줄 거라서.
씨익

15화
까미는 나의 딸

팍
팍
괜히
시비 건 거지?
툭
툭
알고 있었냐?
원래 그런 스타일?
시비 걸고,
한바탕 치고 박고,
그러고 나서
마음 여는 거.
파바바
남자끼린 그렇잖아.
서로 껄쩍한 거 있을 때
몸으로 털고 나면
마음도 풀리는 거.
까
겪어 보니 괜찮네.
나도 써먹어 봐야겠어.

씨익

짜식,
똑똑한 놈이라
금방 배우네.

시끄럽마!
젠

땡!
하하하

웡
까미는
좀 어때?
불만이 많던데.

새아빠란
자리가 그렇지 뭐.
친아빠가 많이
그리웠나 봐.

바보냐, 너?

뭐가?
정말 몰라?
......

?

너 여라와
헤어진 시기!

까미 나이랑
생일!

그게 뭐?

여라가
나 떠난 게…

저 화상—

한나
두이

까미 생일은….

우음~

쿨~

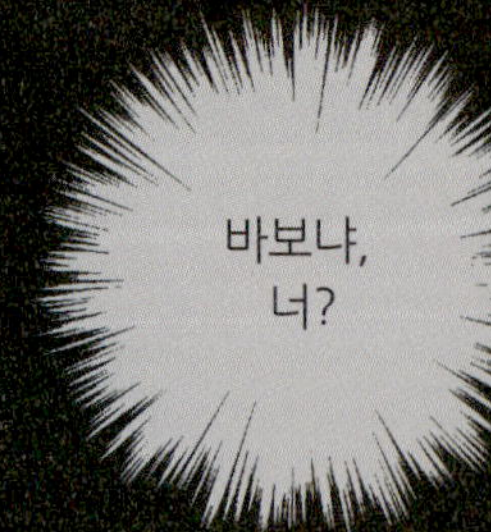

바보냐,
너?

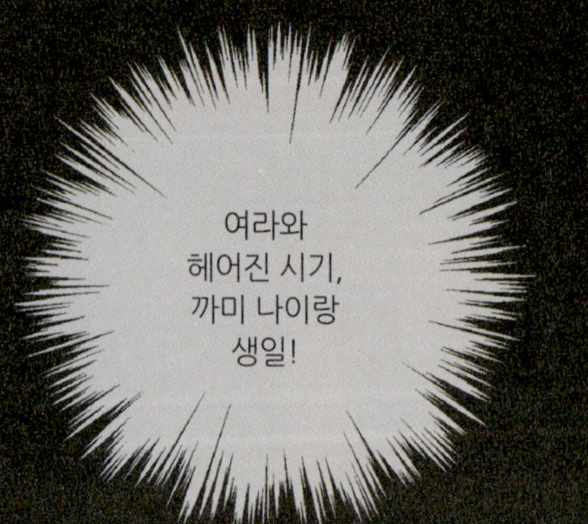

여라와
헤어진 시기,
까미 나이랑
생일!

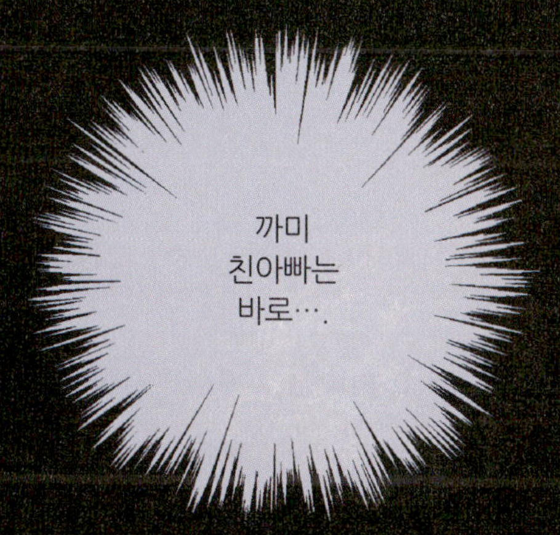
까미
친아빠는
바로….

그래서 결국 치고 박고 싸웠다고?
알잖아? 내 작전. 이젠 친구 먹기로 했거든.
그 작전은 맘에 들지 않지만 엔딩이 해피해서 좋네.
휴
그래서 그렇게 싱글벙글인 거야?

아니.
총명하고 센스 만땅인 내가 엄청 행복한 비밀을 하나 알아 버렸거든.
후
비밀? 그게 뭔데?
호록
몰라서 물어?

나한테
속이고 있는 거
있잖아!
내, 내가
뭘…?
왜
숨긴 거야?
나 맞지?

까미 말야.
희정이
친아빠 나지?

하하
숨긴 것도 아니라고.
자기가 멍청한 거지.

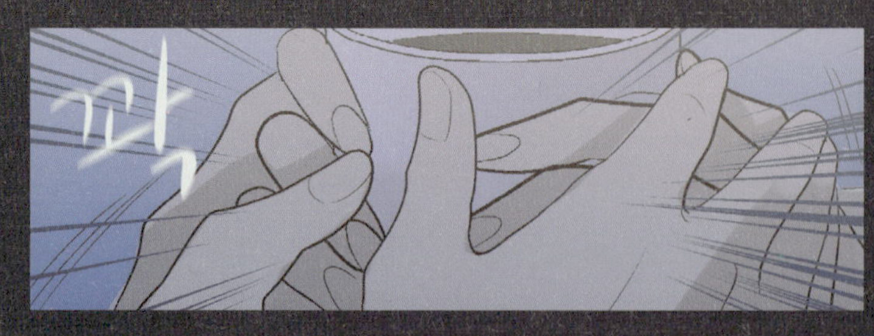

팍

그래도 그건
얘기해 줬어야지!

어쨌든 자긴
자기 인생을 살고
있었잖아.

보다 훨씬 더
좋은 사람 만나서

행복하게 살 수도
있었을 테고….

근데 갑자기
내가 나타나서 까미
안겨 주며 책임지라고
떠맡기는 건

이기적이라
생각했어.

자긴 까미가
친딸이란 걸
알면

책임감 때문에라도
무조건 결혼 승낙 했을
사람이니까.

어얼~, 듣고 보니
그 말도 맞네.

그렇지만 말이야,
하늘이 뭉개지고
땅이 뒤집어져도
까미는 내 딸이야.

그러니까 내가 친아빠가
아니라 해도 까미는
내 친딸이라고!
그러니까….

알아,
무슨 말인지.

헤헹
오케이!
그리고
또 한 가지
나 지금
너무너무 피곤해.
오늘은 그만 자자.
자기도
상계점 가서
밤샐 거라면서?

그렇네.
여라 안색이
너무 핼쑥해.

어디 아픈 거
아니지?

응.
너무 신경 썼더니
그래.

푹 자고 나면
괜찮을 거야.

문단속
잘하고 나가.
너무 늦지 않게
돌아오고.

으응.
아, 알았어.

……

MIC

Dr. 정석현
……

싸우면서 친해지는 거지 그렇죠~ 호호
하하
아무래도
여라 몸이
안 좋은 거 같아.
한번 찾아가 봐.
에이,
아니겠지.
체육관에서
원 펀치로
날 때려눕혔던
여란데.
전게
전게

덜
컥
삭
철컥
끼
이
헉!
여, 역시!
왔구나!

저벅
저벅
수
묵직
끼익

바스락
스윽

확
꼼짝 마!

넌?

16화
끝으로 가는 준비

작지만 예쁜 차.

아침이면 햇살 속에
새소리가 들리고 이층은 책이 가득한
서재가 있는 전원주택.

강아지와 장난을 치는 모습을 보며
맛있는 저녁을 준비하는 것.

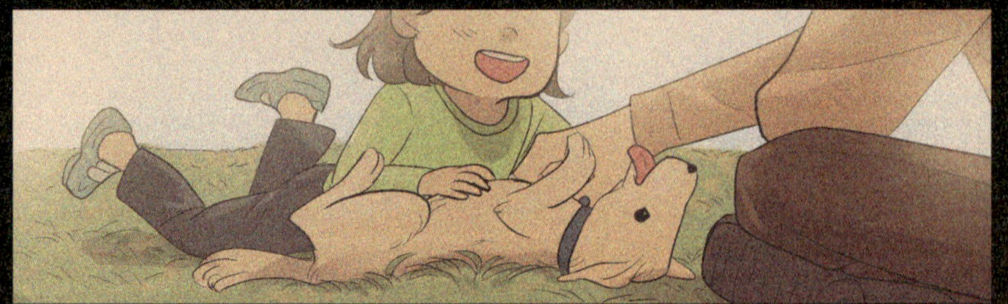

까미의 결혼식 때
세상 가장 아름다운 하얀 드레스를
내 손으로 만들어 주는 것.

머리에 하얀 눈처럼
세월이 내리면

따스한 남쪽 바닷가 작은 집에서
여생을 보내는 것.

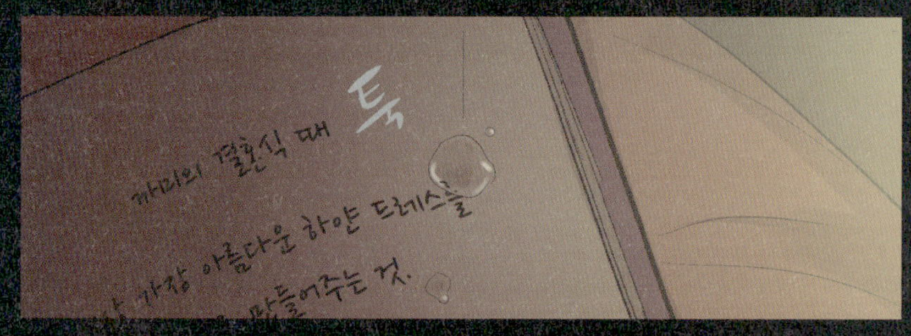
툭

겨우
이런 건데…

툭
툭
툭

이런
소박한 것뿐인데…

누구나 다

꿈꾸고
이룰 수 있는 건데…

그래서
정말정말 쉬지 않고
열심히 살아왔는데….
부욱
팍

정말…
흐윽
정말 죄송해요….
점장님도 너무나
잘해 주셨는데
제가
이런 짓을….
흑
흑
끅끅끅
……
흐윽

제 동생이
많이 아프거든요.
병원에서
수술을 하라고
하는데…
제가
아무리 알바를
많이 해도
제 동생이
많이 아프거든요.
수술은커녕
약값도 대지
못해요.

약값이 너무 비싸
동생이 제대로 먹지도
못하고 있거든요.
그래서
저도 모르게
그만 여기 물건들을….

죄송해요.

점장님도
너무나
고마우신 분인데
이런 짓을
저질러서….

휴우~.

여기
다음 날 쓸 돈도
두고 가는 걸로
아는데
왜 물건을
집어 갔니?

돈을 훔치는 건
너무 나쁜 짓 같아서
그냥 물건을 가져가
팔 생각이었어요….
근데 왜
팔지 않고 다시
가져온 거니?
엉겁결에 물건을 훔쳤지만
도저히 양심이
허락하지 않았어요.
제게 너무나 따뜻하게
대해 주신 점장님 은혜를
이렇게 저버릴 수는
없었어요.

흐아앙~!
아우~,
이것 참 미치고
파들짝 뛰겠네!
벅벅
CSI처럼 폼빨 나게
범인 딱 검거해서
슈퍼한 슈퍼바이저로
등극하는 게
내 계획이었는데!
아
앙

물론 반성한 건 인정! 그렇지만 일단 훔쳤던 건 죄지은 거란 거 인정?
네….
이미 저지른 일은 돌이킬 수 없는 거다.
중요한 건 그다음에 어떡하는가 하는 거지.

......

지금이
진짜 용기가
필요한 때라고!

까미야!
쓰레기 좀 버리고
올래?

까미 숙제한대.
내가 갔다 올게~.

터벅

터벅

으아아!

촤아아아

우왁!
꽝

으아앙~!
괜찮아?
그러게 위험
하댔잖아!
후닥
으에
엥~
죄송해요.
다친 데 없으세요?
괜찮습니다.
애들이 다 그렇죠, 뭐.

툭
툭

주섬주섬

까미와 열이

어라?
이건 여라의
위시리스트?
이걸 왜
버렸지?

씨익

내가
다 이루어
줄 거야!
빙빙

따
르
릉

여보세요.

응, 자기 어디야? 난 서초점이랑 방배점 들렀다가 본사 가는 길이거든.
응. 금방 퇴근할 거야. 자기도 일찍 올 거지?

지금 본사로 오고 있대요.

그럼 전 이만 가 봐야겠어요. 잘 부탁드릴게요.

예. 걱정하지 마십시오.

붕

엥?
저거 여라 차
아닌가…?

아우!
멍청하긴.

방금
여라 사무실 있다고
통화해 놓고는.

방금
여라 사무실 있다고
통화해 놓고는.

17화
평생을 듣고 또 들어도···

징
오! 김열 씨.
대단해요.
예?
상계동 건.
김열 씨가 직접
해결했다면서요?
아, 네!
제가 했습지요!!
와하하
얘기
들었습니다.
범인
잡았다고요?
대단해요~

아, 네.
그렇죠….

슉

김열 씨!
결국 해내셨군요.

근데
표정이
왜 그래요?

네….
시무룩

?
다들 김열 씨
칭찬이 대단한데
기쁘지 않아요?

기뻐요
근데 또
쓸쓸하네요.
하

씨익

아…
알바가
그랬다면서요?
동생과 단둘이 사는
소녀 가장.
그러니까요.
이건 뭐 괜한 일
한 것 같기도 해요.
제가 없었으면
물건 돌려놓고
끝났을 일인데….

그렇지 않아요.
김열 씨 노력 덕분에
일이 훨씬 멋있게
풀렸거든요.

예?

받게나.
10000
척
어?
이건…?

인정하지.
자넨 미코 슈퍼바이저로서 자격이 충분하다는 걸 인정하네.
어… 일단 감사합니다만….
그 알바 아이, 상계점 점장님한테 사실을 고백하고 잘못을 빌었다네.
물론 점장님도 다 용서했고 말이지.
그리고 그 학생의 동생은 우리 회사에서 수술비를 대기로 했네.

우왓!
그, 그게 정말입니까?
수술비가 엄청나다고
들었는데요?

그걸 다
우리
회사에서?

미코가
이렇게 성장한 게
어디 우리 직원들만의
성과이겠는가?

거긴 회사와
각 점장님들, 그리고
아르바이트생들이 흘린
땀까지 모두
포함되는 거네.

나아가
소중한 돈을 지불하고
미코의 커피를 사랑해 준
고객들까지 미코를
키워 준 것이지.

그러니 그들이 어려울 때
도와야 하는 건 기업으로서
당연히 해야 할 일이
아니겠는가?

와하하! 첨부터 딱 알아봤습니다!
우리 미코가 슈퍼 기업이라는 걸요!
그리고 캡짱은 정말 슈퍼슈퍼 울트라슈퍼 캡짱입니다요!
털썩
하하하하
어허~, 이것 내려놓게~.
들썩
들썩
들썩

더해서
우리 직원회가
그 알바 학생과
결연을 맺었네.

그 학생이 대학을
졸업할 때까지 약소하나마
십시일반해서 장학금을
지급하기로 말일세.

우왓!
그게 정말입니까?

흠흠

턱

몇 날 밤을 새면서
그 학생을 찾아내고
미코 점장님께
사실을 고백하고

용서 구하도록
용기를 준 건
바로 지네야.

이 모든 것이 자네,
슈퍼바이저 김열로 인해
비롯된 것이지.
제가 좀
잘나긴 했습죠.
우하핫

그럼
이것도 거기
보태겠습니다!

슥

홋

멋진 놈!

얼마 전만 해도
상백수 왕놈팽이 초루저였던
나 김열이

매일매일 믿을 수 없을 만큼
행복한 날들을 선물 받고

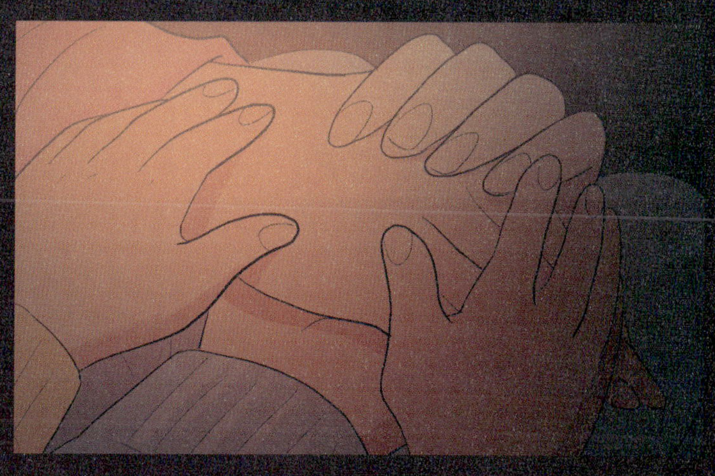

또 누군가에게
행복을 선사할 수도
있단 걸….

내 안에
그런 열정과 힘이
존재하고 있었음을.

죽는 그날까지
까맣게 몰랐을 것이다.

여라와 까미….

아리따운 두 미녀가 아니었다면 말이야!
하하하
지글 지글
헤헤헤. 정말? 나랑 엄마 때문에 행복해?
당근 빠떼루지!
까미는 어때?
앙~

까~
나두 완전 행복해!
엄마랑 아…
아…
아…
아…
두근
두근
두근
아! 맛있다!
진짜!
맛있는 거
먹으니까
짱 행복해!
헤헤헤
휴우~, 또….

까미는 엄마가
준비한 선물까지 받으면
너무 행복해서
까무라치겠네?
선물?
뭔데,
뭔데?
샥
툭
척

선물 어때?
까미가 보고파 하던
아빠야.
쳇!
난 또 뭐라고.
아저씨도 아니고,
아빠도 아니고
진짜진짜
친아빠거든.
까미를 낳아 준
친아빠!

친…
아빠…?

오늘밤
처음으로 까미가 나를

아빠
라고 불렀다.

까미가 부르는 아빠란 소리는
평생을 듣고 또 들어도

매번 행복할 것만 같았다.

하나
둘
하나
둘

으쌰

하~

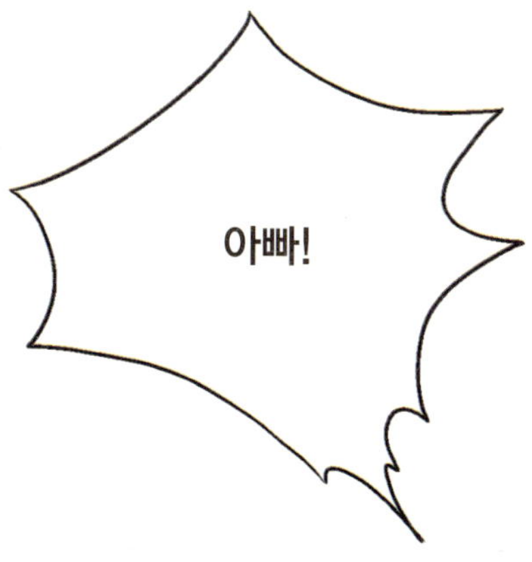

아빠!

앙~,
우리 딸
일어났어?

울먹

울먹

어?
왜 그래?

엄마…

엄마가!

네 눈에 보였을 슬픔과
네 귀에 들렸을 아픔

푸하하~, 진짜!
젊은 친구가
어째 이래
유머 센스가
없어?

울 여라,
엄청 튼튼하거든!

대학 축제 때는
하프 마라톤도
완주했었다니까!

이종격투기 아쇼?
그것도 엄청 강하다니까!
나, 딱 한 대 맞고는
쫙 뻗었잖아!

근데,
뭐라고?

불치병?

일 년?

부들 부들

크ㅎㅎㅎ!
웃겨 진짜! 그딴 농담
누가 믿으라고?

게다가 당신은
그런 농담 하면 안 되지!
의사가 사람 생명 갖고
농담을 해?

죄, 죄송합니다….

그렇지?
농담이지?

거봐!
죄송할 짓을
왜 하냐고!
하하하!

농담이
아니라서…

정말 죄송합니다.

털썩

난소암입니다.
이미 대장까지 전이가
되어 버린지라….

팔락

야!
끝났다, 끝났어!
뜨르륵

응?
내가 완전 화끈하고 새끈하게 계획 다 짜 버렸지!
이거면 너 금방 퇴원할 수 있거든!
일단 내일부터 항암 치료 받는 거지. 대한민국 의료 기술이 세계 최고잖아!
집중적이고 효과적인 치료를 한 달간….
근데 자기 울었어?
엥? 울어? 내가? 김열이?
푸하하! 나 김열 사나이라고!
하 하 하
별것도 아닌 일에 눈물 흘리지 않아!
하 하

쳇! 치사해.
잉?
내가 큰 병인데 별일 아니라 이거지?
나 사랑하지 않는구나?
사랑하니까 웃는 거지!
원래 병은 웃으면서 이겨 내는 거라고.
알겠어?
어쨌든 웃어 주니까 우는 것보단 좋네.
얘기 꺼내기도 편하고.
무슨 얘기?

나
이런 병원 치료
안 받을 거야.
정말
오래 생각하고
내린 결론이야.

얼마 남지 않은
시간을…
기계와 튜브를
몸에 감은 채 괴롭게
보내고 싶지 않아.
병원 말고 우리 집에서
자기랑 까미랑 함께
남은 시간 보낼래.

무슨
소리야!

내 마지막 추억은
그냥 행복한 기억으로
채우고 싶으니까.

여기
자기와 까미를 위해
준비해 놓은 것들을
정리해 뒀어.

숙

일단
우리 가족
통장들

까미
교육보험

자기
연금보험

팔락

그리고
다행히 내가 보험 몇 개
들어 둔 게 있는데
이게 꽤 되더라고.

잘만 관리하면
자기랑 까미….

나

까미한테 슈퍼대디고 여라한테 슈퍼허니야.

우리 세 사람의 슈퍼 가장은 여라가, 니가 아니고

나, 김열이라고!

그러니까 내가 시키는 대로 해! 이건 가장의 명령이야!

피식

와아~

헤에~,
열이 진짜 멋있네.
든든하고 믿음직스러워.

진짜진짜 고맙고
진짜진짜 사랑해.

그렇지만
울 가장님 명령은
안 따를래.

그게
우리 모두를
위한 길이니까.

명령 내릴
입장은 아니라서…
부탁으로 할게.

들어줄래?

정말 나…

울게 할 거냐?

울어도 돼.

아니
실컷 울어 버려.

그러고 나면…
편해질 거야.
내 부탁을 들어줄 수 있을 만큼….
아이고! 내 새끼! 불쌍해서 어짜라고!
아이고! 불쌍한 내 새끼!
장가 잘갔다꼬 좋다 캤디만 우째 여라 갸가 죽을병에 걸렸단 말이고!
꺼이 꺼이
꺼이

마…
우짜겠능교?

저그끼리 죽고
몬산다꼬 결혼한 긴데
다 운명이라꼬
생각해야재.

후룩

그 여우 같은 게
속인기라!

내 새끼 열이한테
지 아픈 거 한마디도
안 하고 결혼하면
우짜란 말이고!

아득
바득

내 이랄 때가 아이다!
퍼뜩 올라가가꼬
이 결혼 물리든가
뭔 수를 내야재!

벌
떡

어허!
지금 항암 치료 받고
있는 사람한테
우얄라꼬
그라노?

그라모
가만 있으란
말인교?

덥썩

내가 열이 아부지
세상 베리고 나서
열이를 우째
키았는데!

거, 말 잘했네.

열이댁이 열이한테
쏟은 피땀을 아니깐
여라가 희정이한테
어떤 맴인지도
잘 알꺼구마!

......
희정이가 열이
친딸이라 안 카나!
여라는
지가 할 수 있는
마지막 선택을
한 거라카이!
떨떨
뚝
뚝
뚝

하나를 보아도 하나조차 알지 못한
나의 우둔함을

겉만 보고 속을 읽지 못한 나의 어리석음을
반 개도 모르면서 열 개를 안다고 떠든 나의 무지를

한 걸음도 못 디디고 백 리 밖을 꿈꾼 나의 무모함을
받고 또 받기만 하면서 나눌 줄 몰랐던 나의 이기심을
지닌 것 하나 없이 다 줄 것처럼 떠들어 댄 나의 허풍을

넘어지고
깨져야 할 순간에
주춤대며 물러난
나의 비겁함을

가슴 속 담을 것과
꺼낼 것을
구분하지 못한
나의 얄팍함을

깊은 것을 얕다 하고
넓은 것을 좁다 했던
나의 오만을

빛은 깨닫지 못하고
그림자만 아파했던
나의 유치함을

모든 것이
나를 위한 것이었는데….

너를 위해 달린 것처럼
꾸며댔던 나의 치졸함을

내 눈과 내 귀와 내 코와
내 입의 기쁨을 위해

네 눈에 보였을 슬픔과
네 귀에 들렸을 아픔과
네 코에 느꼈을 고통과
네 입에 담겼을 괴로움을

미처 몰랐던
바보 같은 나를…

용서해 주겠니?
여라야….

19화

마중물

씩,씩
씩 씩
성큼
성큼
성큼
씩,씩
씩,씩
씩
따,

꽈당

잠잠

버
띠
째깅

다다
다

바들
바들
바들바들
바들바들

어? 까미야!
너 병원에 있기로….
뭐 하는 거냐고!
아빠가 뭐 이래!
엄마 아프잖아! 엄마 많이 아프잖아!
근데
아빤 왜 술만 먹고 있냐고!

난 아직
아이잖아.

그니까
어떡해야 엄마
안 죽게 하는지
아무것도 몰라….

뚝 뚝

그러니깐

아빠가 엄마
살려 내란 말이야!

아아

아
아
아
아
아
와락
그래!
미안해!
아빠가
멍청했어!

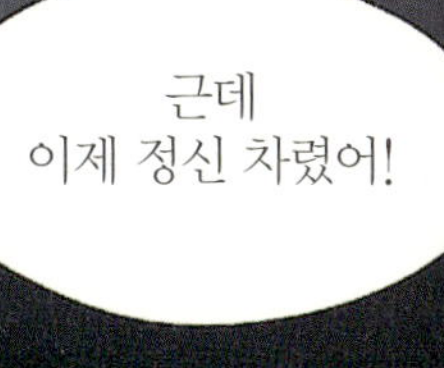
근데
이제 정신 차렸어!

울 까미가
아빠 정신 번쩍 들게
했으니까!

엄마 절대
안 죽어!

아빠가
살려 낼 거야.

끄덕

꼭
그럼 나랑 손가락 걸고 약속해!
알았어! 아빠만 믿어!

안 돼!

척

나 실컷 울었거든.
마음 열라
편해졌거든.
그래서
다시 생각했어!

민주적
결정!

민주적?

민주주의의
꽃은 투표!

자, 엄마가
열심히
치료받아야 한다고
생각하는
사람 거수!
척
척
……

봤지?
전원 참석에
과반수 이상
찬성이야!

이러지 마….
제발….

콰앙
엄마!
열아.
어, 어머니!
성큼
성큼
성큼

니 희정이
좀 데꼬 나가
있거레이!

죄송해요,
어머니….

어머니라꼬
부르지도 말거라!

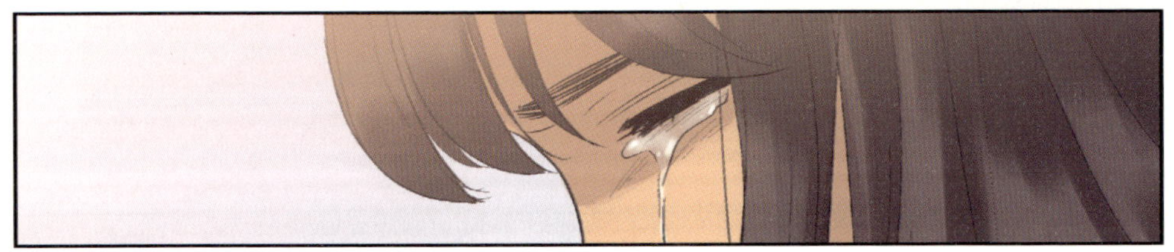

그냥…
엄마라 캐라….

니도
우리 가족이 됐으니
인자 마 내 딸이데이.

내도 소식 듣고
속에 천불이 나고
가슴이 훌떡 뒤집어졌다
아이가!

니가 미워
죽겠더라꼬!

엄청시리 화내고
억수로 울었다카이!

근데 다 울고 나니까
니 맴이 어떤지 짠하니
느껴지더라 말이재.

아가야.
니 마중물이라꼬
알재?

펌프로 물을
끌어 올릴라 카문
일단 물 한 바가지를
부어야 되는 기라.

목 마르다꼬
그 물을 홀랑 마셔
삐리면 되겠나?

니캉 열이캉
호호 할매할배까지
살라카문
지금 마중물을
부어야 하는 거데이!

알긋나?

니한테 남은 시간은
마중물이라 생각하고
열심히
치료받거레이.

꾹

병원 있는 동안
열이캉 희정이는
내가 챙기꾸마.

어머니….

아따!
어머니 아이라
안 카더나!

…어,

엄마!

심각한 환경 파괴로
지구도 아프다.

지구 온난화로 여름은 더욱 찌고,
겨울엔 이상 기류로
더 매서운 추위가 올 거란다.

하지만
대자연의 섭리는 변하지 않는다.
봄이 지나면 여름이,
여름 뒤엔 어김없이 가을을 데려온다.

세상엔 수많은 기쁨과
분노와 슬픔과 고통의 사연이 있겠지만
세상의 커다란 이치는 여전히
평온하게 돌아가는 것이다.

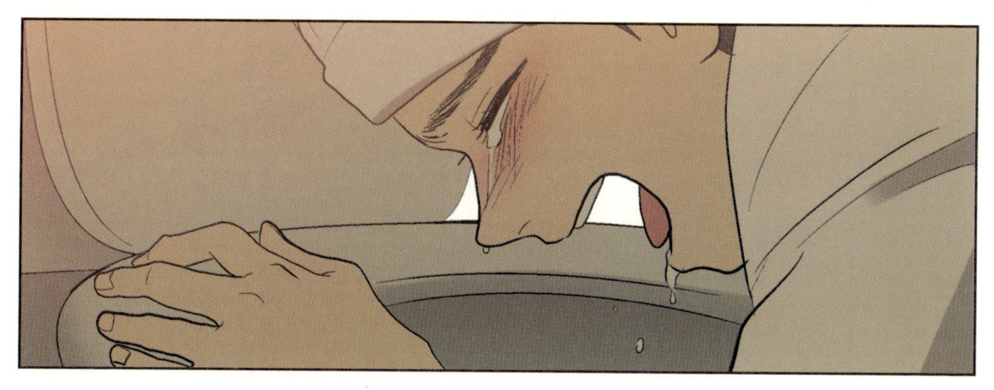

어쩌면 기적이란 것도
가장 평범하고 평온한 것들인지도 모른다.

하여 나도,
여라도, 까미도 굳게 믿는다.

우리의 힘든 이 순간도 대자연 안에서는
평범하고 평온한 것이라고.

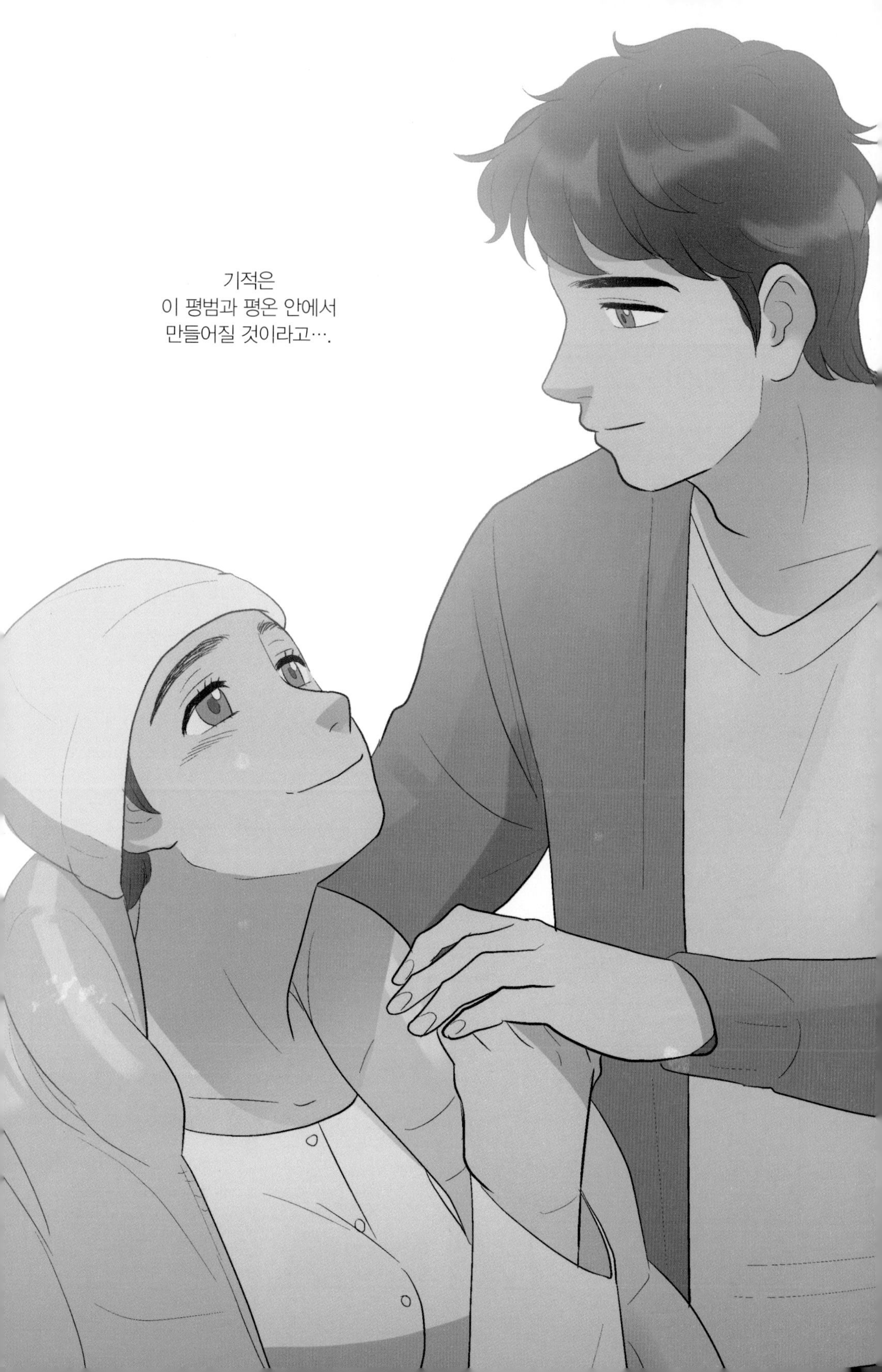
기적은
이 평범과 평온 안에서
만들어질 것이라고….

힘들지 않나?
매일 출퇴근하면서
아내 간병하려면?
부웅
신속하고
완벽한 적응이
저의 트레이드마크
아니겠습니까.
벌써 여름 지나고
가을인데
이젠 끄떡없습니다.
하하하
호오~,
벌써 그렇게 되었구먼.
경과는 좀 어떤가?
그치만 개구리도
폴짝 뛰려면
살짝 움츠립니다.
뭐, 아직은
교착 상태랄까요?
지금의 상태는 금방
좋아질 거라는 징조가
틀림없다고 믿습니다.
그렇지 않습니까?

나도…
믿음이 만드는 힘을 믿네.
근데 캡짱은 오늘 어쩐 일이십니까?
새로 오픈하는 매장에 직접 나가시는 건 드문 일이잖습니까?
점주가 내 지인인데 꼴통이거든. 내가 참석 안 했다간 평생 날 씹어 먹으려 들걸?
자네와 같은 과지.
꼴통이라고요? 어떤 분인지 궁금하네요.
오! 그러고 보니 딱 자넬세, 자네!
부웅
부웅
하하

가장 슈퍼한 성적표

축하하네!
김열 씨는 오늘부로
해고야!
해…
해고요?
2-MART
자넨 오늘부터
미코 333호점의
점주라네!
예??
점주요?
제가요?
하하하
덥석
??
MIC
미코 2-마트점
점주라고요?

짜앙
축하합니다!
대박 나세요!
아빠!
짝
짝
짝
짝
와

마음에 들어?
내 선물이야.
으쓱
여, 여라야!
헤헤헤.
깜빡 몰랐지?
엄마랑 나랑
아빠 몰래 벌써부터
준비했거든!
헤헤
헤
진짜?
진짜야?
이게 내 가게!

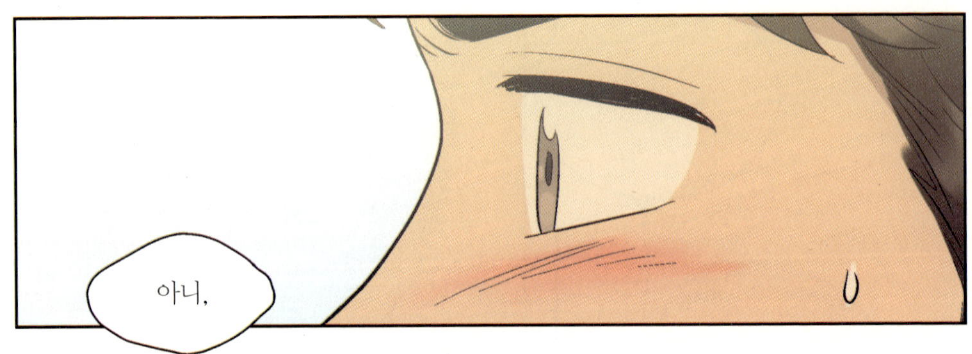

아니,

우리 가게란
말이지?
응!

그러니깐 난 다 꽁짜야!
멍-
에헴
나 여기 있는 거 다 한 번씩 먹어도 되지?

당연하지. 여기 있는 거 다 백 번, 천 번, 만 번씩 먹어도 돼.
헤헤

와! 신난다! 아이스초코 먹을래! 크림 듬뿍 올려서! 아빠가 만들어 줘!
어…!
다다다
하하
그럼~,
자! 다들 주문 받습니다!

자기는?

난 아메리카노.

아주아주
연하게….

행복하다….

사랑하는 이가
선물한 가게에서

사랑하는 이를 위해
커피를 내리는
지금 이 순간

나는 이 세상에서
가장 행복한 사람이 된다.

자, 우리 가게의
첫 커피가
나왔습니다.
모락

두근
두근
두근
호록
쭉

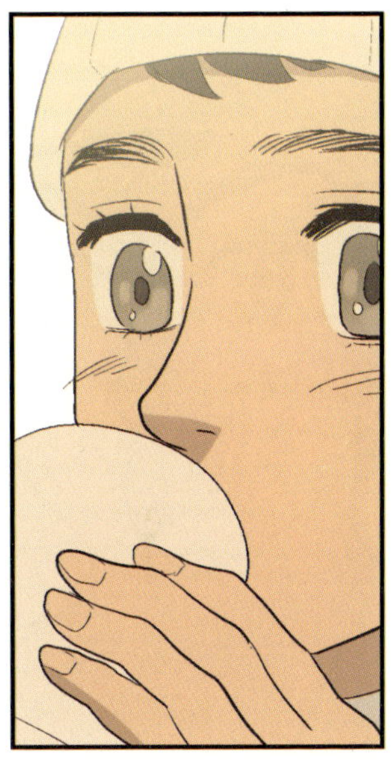

와~!
맛있어.
얼마나?

내가 태어나서 마신 커피 중에 최고!
척
세상에서 제일 맛있는 아이스커피 만들어 줘!
나도, 나도!
끄앙
하하
하하하

여라가 이 가게를
선물한 깊은 뜻을 안다.

여라가 없는 세상에서 나와 까미가
함께 살아가려면

출퇴근하는 직장보다
이런 커피점을 하는 게 훨씬 편할 거라는
그 뜻을….

하지만
선물은 준 자의 몫이 아니라
받은 자의 몫인 법.

주문하신 음료
나왔습니다!

여라가 줄 때는
두 사람의
몫이었겠지만

내가 받은 이 선물은
세 사람의 몫이다.

크크크.
내가 그랬지?
많이 부러워해도
된다고.
후후

거기다
하나 더
얹어 주마.
이게
뭐냐?
개업 축하
금일봉?
닥터 정.
석현이가 보낸
선물이야.

전이 부분의
예후가 상당히
좋아졌대.

항암 치료에
여라 고통이
이만저만 아니지만
그래도
약간 희망이
보이잖아.

세상에서
가장 행복한 것을
또 하나 얻었다.

10점밖에
안 되던 우리의 손에
쥐어진 30점짜리
성적표.

중요한 건 지금
몇 점인가가 아니다.

자꾸 오르고 있다는 것이다.

언젠가는
저 하늘까지
오를 거다.

100점의
하늘까지….

콩콩콩콩
그놈들이
나쁜 놈이잖아.
나쁜 기분 같은 걸
먹고 자라는
놈들이거든.
아! 진짜?
콩콩콩

근데 요즘 엄마가
진짜 행복해하잖아!
그러니까 그놈들이 먹을 게
없어서 자꾸
사라지는 거라고.
이히히
아하!
그런 거구나!
아빠 모르는 게
없네?
자!
이제 준비 끝!

깜짝 생일 파티 때문에
엄만 더 행복할 거야!

나쁜 병균들도
완전 사라질 거구!

당연하지!

생일
축하합니다~.

생일
축하합니다~.

사랑하는
엄마의~

생일
축하합니다~!
자 선물.
이게 뭐야?
우리의
약속!

바삭
……

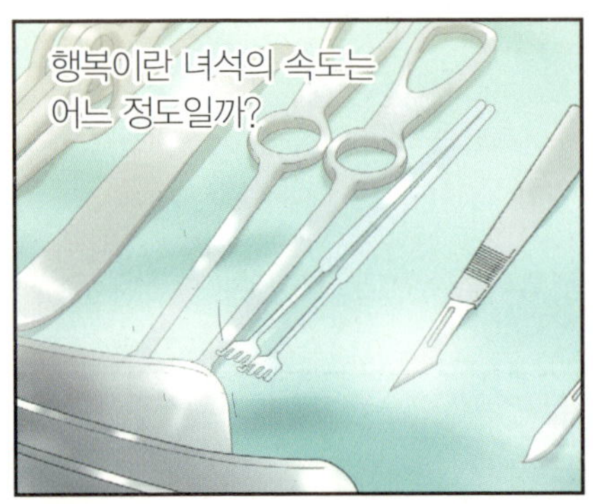

행복이란 녀석의 속도는
어느 정도일까?

예전의 나처럼 게으른 걸음이라면
금방 놓쳐버리겠지만

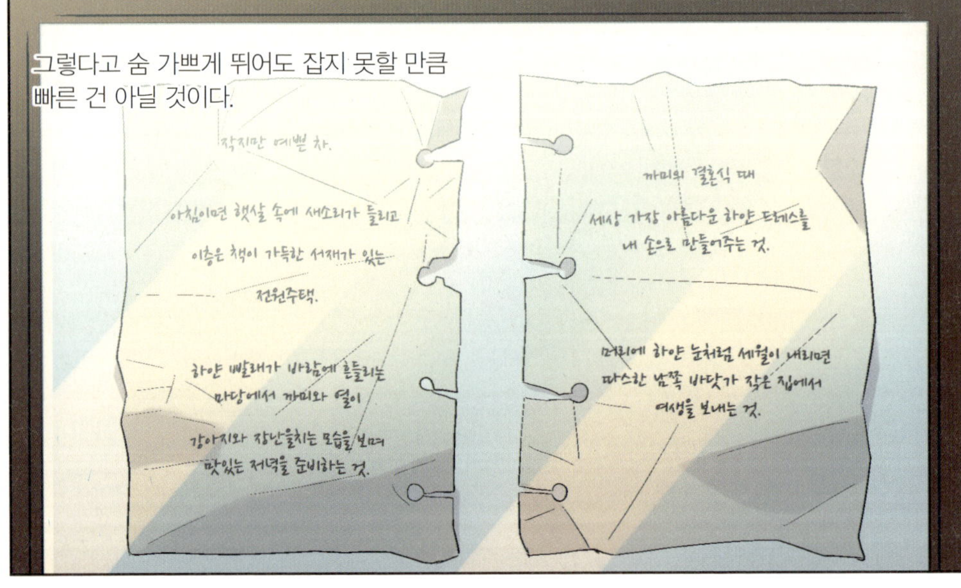

그렇다고 숨 가쁘게 뛰어도 잡지 못할 만큼
빠른 건 아닐 것이다.
작지만 예쁜 차.
아침이면 햇살 속에 새소리가 들리고
이층은 책이 가득한 서재가 있는
전원주택.
하얀 빨래가 바람에 흔들리는
마당에서 까미와 덜이
강아지와 장난을치는 모습을 보며
맛있는 저녁을 준비하는 것.
까미의 결혼식 때
세상 가장 아름다운 하얀 드레스를
내 손으로 만들어주는 것.
머리에 하얀 눈처럼 세월이 내리면
따스한 남쪽 바닷가 작은 집에서
여생을 보내는 것.

지치지 않고 꾸준하게
열심히 달린다면

행복이란 녀석과
함께 갈 수 있을 것이다.

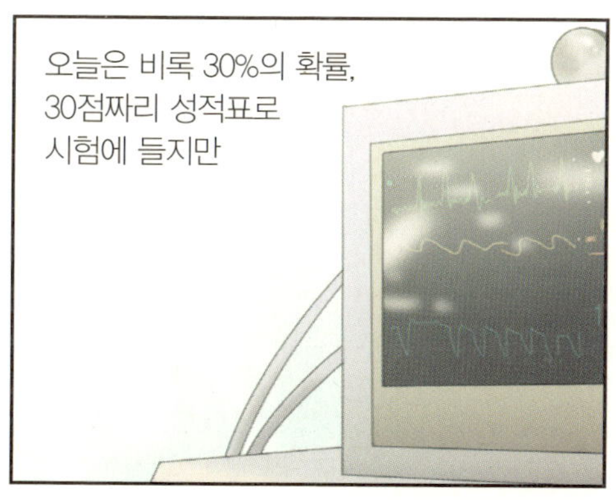

오늘은 비록 30%의 확률,
30점짜리 성적표로
시험에 들지만

그냥 30점이 아니라
세상에서 가장 행복한
30점이라 하지 않았던가.

그러니까
틀림없이…

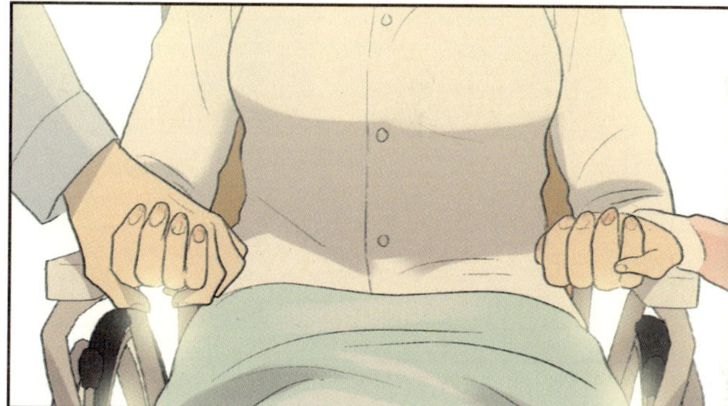

파이팅!
그러니까
틀림없이…

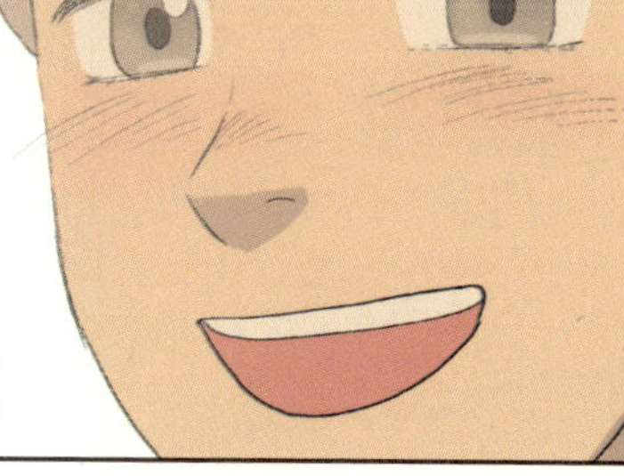

힘내!
엄마!
자기야,
까미야,

몇 시간
뒤에는 더 예쁘고
아름다워진 여라가

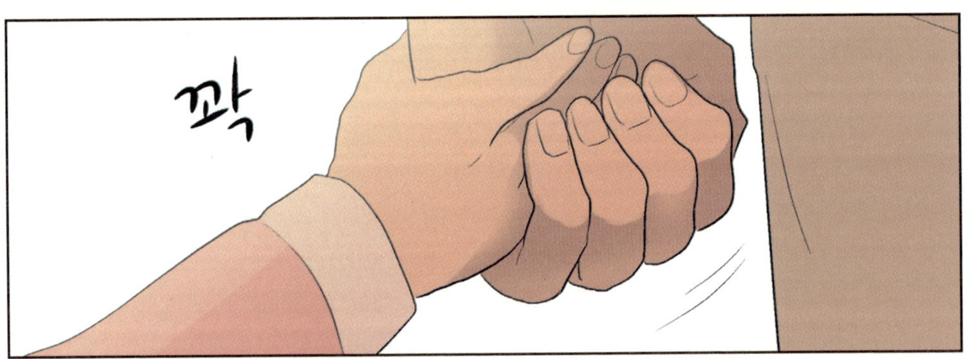

이 문을
나올 거라

믿는다.

end

슈퍼대디 열 2

ⓒ 이상훈·진효미, 2015

초판 1쇄 인쇄일 2015년 3월 19일
초판 1쇄 발행일 2015년 3월 27일

글   이상훈
그림   진효미

펴낸이   정은영
편집   이지웅 유석천
디자인   (주)투유드림(고아라)
마케팅   이대호 최형연 한승훈 전연교
제작   이재욱

펴낸곳   네오북스
출판등록 2013년 4월 19일 제2013-000123호
주소   121-840 서울시 마포구 양화로6길 49
전화   편집부 (02)324-2347, 경영지원부 (02)325-6047
팩스   편집부 (02)324-2348, 경영지원부 (02)2648-1311
E-mail   neofiction@jamobook.com
독자카페 cafe.naver.com/jamoneofiction

ISBN   979-11-5740-109-3 (04810)
          979-11-5740-108-6 (set)

이 도서의 국립중앙도서관 출판예정도서목록(CIP)은 서지정보유통지원시스템 홈페이지
(http://seoji.nl.go.kr)와 국가자료공동목록시스템(http://www.nl.go.kr/kolisnet)에서
이용하실 수 있습니다.(CIP제어번호:CIP2015008583)

이 책에 실린 내용은 2011년 12월 20일부터 2012년 2월 28일까지 다음 웹툰을 통해 연재됐습니다.